La vida es complicada

Jennifer Degenhardt

This is a work of fiction. Names, characters, events or incidents are either products of the author's imagination or are used in a fictitious manner. Any resemblance to actual persons or actual events is purely coincidental.

For Aaron. The idea for this story – at least in part – was yours. Thank you for that and for helping me further realize the similarity between learning music and learning a language, as well as understanding music as a language in itself.

ÍNDICE

AGRADECIMIENTOS

Thank you to my colleagues and fellow authors Alicia Quintero and Terri Marrama who read this book in the beginning stages and offered up key insights that allowed for improvements.

And thank you to Lucio Román for the great cover art. Lucio is a student at the Antigua Green School in Antigua, Guatemala.

Finally, thank you to Winston the dog for being such a cooperative model. Winston appears as himself on p. 20. Photo credit: Aaron Gerard.

Overview: Crisis in Venezuela

Venezuela is a country with large petroleum reserves. Unfortunately, these reserves have not been managed well by those in charge. Add to that the decrease in oil prices all over the world and the lack of investment by foreigners, and Venezuela has plunged into an economic crisis. The situation has become even more serious because the Venezuelan people are unable to afford living essentials such as food and medicine because of skyrocketing inflation. The lack of water and frequent blackouts have also been problematic.

As a result of these and other reasons such as exposure to diseases, millions of people have made the decision to flee the country. And those who have stayed behind have been forced to join the food queue (*la cola de esperanza*) for supplies. Though the people are able to receive aid distributions, they never know what or how much they will receive, or if they will be able to make them last.

The humanitarian crisis in the country has even caused people to take to the streets in protest, sometimes causing violent clashes with government forces. For everyone, the situation has provoked feelings of constant stress and heightened vigilance, which has negatively affected daily life in the country.

Capítulo 1
Samuel

Mi vida es complicada.

Son las tres de la tarde y camino a la School of Rock. Es una escuela de música. Toco la guitarra. Pero también tengo que hacer mi tarea para la escuela regular. Tengo mucha tarea. Tengo mucha tarea para la clase de español en particular. Necesito escribir un texto para una de mis clases. El tema: la identidad. Mi identidad.

Tengo que responder a esta pregunta:

¿Quién eres?

¡Caray! Es una pregunta simple, pero la respuesta es complicada. Saco mi teléfono para escribir en Google Docs. Ahora no escribo un párrafo. Escribo frases simples. Esta noche voy a escribir más.

- Me llamo Samuel Medina.

- Soy hijo de Gustavo Medina Rodríguez y Liliana Martín de Rodríguez.
- Tengo quince (15) años.
- Hablo español y hablo inglés.
- Soy de Venezuela.
- Soy afrovenezolano.
- Me gusta la música.
- Me gusta la música salsa.
- Me gusta la música merengue también.
- No me gusta la música calipso.
- Me encanta la música *rock*.
- Toco la guitarra.
- Toco la guitarra en una banda de *rock*.
- No toco la guitarra en una banda de salsa.
- Vivo en Doral, Florida.
- Vivo con mi padre y mis abuelos.
- Mi padre se llama Gustavo.
- Mis abuelos se llaman Carola y Leonardo.
- Mis abuelos son los padres de mi padre.
- Ahora no tengo una madre.
- Ahora no tengo un hermano.
- Mi madre y mi hermano murieron[1] en un accidente.

---

[1] murieron: they died.

- No soy muy inteligente, soy un alumno normal.
- Me gusta la comida venezolana, especialmente la comida de mi abuela.
- Ella cocina pabellón criollo[2] y arepas[3].
- Tengo muchos amigos.
- Tengo dos amigos especiales.
- Eliana es una amiga especial.
- Ella es alumna de mi escuela.
- Baker es mi pana[4], un nuevo amigo.
- Es especial también.
- Es un amigo de la School of Rock.
- Baker es alumno de otra escuela.

No es todo, pero no escribo más. La información es correcta, pero es aburrida.

Leo las frases en la pantalla[5]. En la pantalla, mi vida es simple. En la realidad, es complicada.

---

[2] pabellón criollo: Venezuelan shredded steak served with black beans and tomatoes.
[3] arepas: corn pancakes.
[4] pana: colloquial word for «good friend» in Venezuela.
[5] pantalla: screen.

Capítulo 2
Gustavo

Mi vida es un desastre.

Trabajo en el hospital, pero no me gusta. Quiero otro trabajo.

Para el nuevo trabajo necesito escribir un texto sobre mi identidad. La pregunta es «¿Quién eres?».

Necesito pensar. ¿Quién soy?

Yo soy Gustavo Samuel Medina.
Tengo 42 años.
Hablo español y un poco de inglés.
Soy de Venezuela.
Soy afrovenezolano.
Me gusta la música salsa y la música merengue.
No me gusta la música rock. *Es horrible.*
Vivo en Doral, Florida.
Vivo con mis padres y mi hijo.
Mi hijo se llama Samuel.
Mis padres se llaman Carola y Leonardo.
Soy padre, pero ahora no soy un buen padre.

Soy esposo.

No, no soy esposo.

Ahora no tengo a mi esposa.

Ahora no tengo a mi hijo.

Mi esposa y mi otro hijo, Pablo, murieron en un accidente.

Soy médico.

No, no soy médico.

Soy médico en Venezuela, pero aquí en los Estados Unidos no soy médico.

En los Estados Unidos trabajo en el hospital, pero no soy médico.

Pienso en mi vida. Es un desastre. Pienso mucho en mi esposa y en Pablo. Pienso en mi vida en Venezuela. Era[6] diferente de mi vida ahora. Mi vida en Venezuela era feliz. Mi vida en los Estados Unidos es difícil. Tengo muchos problemas. No puedo resolver mis problemas. Y tomo mucho alcohol. Es horrible.

Ahora tengo que ir a un trabajo que no me gusta. ¡Caray!

---

[6] era: it was.

Capítulo 3
Leonardo

Ahora mi vida es difícil.

Estoy en la cocina de mi casa. Mi esposa prepara café para todos.

—¿Qué haces, Leonardo? —me pregunta Carola, mi esposa.
—Tengo que dar un discurso[7] y necesito prepararme —le digo.
—¿Cuándo es? —me pregunta Carola.
—El viernes —le digo.
—¿Qué necesitas escribir?
—Necesito escribir sobre mi vida —le explico.
—¡Oh! Tú tienes mucha información interesante —dice mi esposa.
—Sí. Mucha información.

Es la verdad. Tengo una historia interesante. Escribo:

Yo soy Leonardo Medina Guzmán. Tengo 63

---
[7] dar un discurso: to give a speech.

años. Hablo español e inglés. Soy afrovenezolano. Soy de Venezuela, pero ahora vivo en Doral, Florida, en los Estados Unidos. Vivo con mi esposa, uno de mis hijos y mi nieto, Samuel.

Soy ingeniero[8]. Trabajo para la compañía Venezoil. Es una compañía de petróleo de los Estados Unidos. Soy un ingeniero importante para la compañía. Me gusta mi trabajo. Me gusta resolver problemas.

Pero hay un problema que no puedo resolver: el problema de mi hijo, Gustavo. Él tiene un problema con el alcohol. Toma mucho. Es un problema grande.

Otro problema grande es el problema de mi hija. Ella vive en Caracas. Ella no tiene un problema como el de mi hijo, pero ella tiene problemas porque Venezuela tiene muchos problemas. Quiero ayudar a mis hijos. Pero ¿cómo?
Mi vida es difícil.

---

[8] ingeniero: engineer

Capítulo 4
Samuel

—¡Hola, Sam! —me dice Baker cuando llego a la School of Rock.

Baker está con los otros en el grupo: Aaron, Joe y Anthony. Baker toca la batería[9], Aaron toca el bajo[10], y Joe y Anthony tocan la guitarra. Baker toca el bajo también, pero no toca el bajo en el grupo de la School of Rock.

—Baker, hola. ¿Qué tal? —le digo
—Estoy bien. ¿Y tú?
—Más o menos —le digo.
—¿Qué pasa? —me pregunta Baker.
—Tengo más problemas con mi padre —le explico—. Y tengo mucha tarea.

Baker me comprende bien. Él tiene mucha tarea de su escuela también.

—¿Qué problema tienes con tu padre? —me

---

[9] la batería: drums.
[10] bajo: bass.

pregunta.

—Problemas, en plural. A mi padre no le gusta la música *rock*. Él dice que la música *rock* es horrible. Y él toma mucho alcohol.

—¡Ay, no! ¿Es serio este problema con el alcohol? —me pregunta Baker.

—Sí, es serio. Mi padre toma alcohol todos los días. Y, cuando lo toma, es muy antipático.

—Ay, Sam. Es terrible. Lo siento, pero te comprendo —dice Baker.

—Gracias, amigo. Pero ahora vamos a tocar mucha música *rock*, ¿no?

—Sí. Tocamos «Pretty Woman» primero. Te gusta la canción, ¿no?

«Pretty Woman» es una canción de Roy Orbison. La canción habla de una chica muy bonita. Cuando toco la canción pienso en mi amiga Eliana. Es muy bonita, como la chica de la canción. Ella tiene ojos verdes y pelo largo. Me gusta mucho Eliana.

Toco la guitarra y miro a Baker. Estoy superfeliz cuando toco con Baker. Él comprende mis problemas porque él tiene problemas en su familia también. Por eso[11], y por su sonrisa[12], me gusta mucho Baker. Es muy especial.

Me gusta Eliana y me gusta Baker. Me gustan los dos.

¡Ay! Mi vida es complicada.

*****

Por la noche escribo el texto para la clase de español.

Me llamo Samuel Medina. Tengo quince (15) años. Soy de Venezuela, pero ahora vivo en Doral, Florida. Hablo español y hablo inglés. Soy afrovenezolano. Tengo el pelo negro, piel[13] negra y ojos cafés. Soy hijo de Gustavo Medina Rodríguez y Liliana Martín de Rodríguez. Vivo con mi padre y mis abuelos. No vivo con mi madre y mi hermano. Ellos murieron en un accidente.

---

[11] por eso: for that.
[12] sonrisa: smile.
[13] piel: skin.

Mi padre se llama Gustavo. Mis abuelos se llaman Carola y Leonardo. Mis abuelos son los padres de mi padre. Vivimos en Florida porque mi abuelo trabaja para una compañía de petróleo aquí. Es ingeniero.

Me gusta la música. Me gusta la música salsa. La salsa es una música popular en Venezuela. Me gusta la música merengue también. No me gusta la música calipso. Pero también me gusta la música rock. Toco la guitarra. Toco la guitarra en una banda de rock. La música rock no es de Venezuela, pero me gusta.

Me gusta la comida venezolana, especialmente la comida de mi abuela. Ella cocina pabellón criollo y arepas. La comida es deliciosa. Pero también me gustan las hamburguesas y la pizza.

Tengo muchos amigos. Pero tengo dos amigos especiales. Baker es mi nuevo amigo. Es especial. Es un amigo de la School of Rock. Toco en la School of Rock con Baker. Baker es alumno de otra escuela pero toca música conmigo[14] en

---

[14] conmigo: with me.

la School of Rock. Eliana es una amiga especial también. Ella es alumna de mi escuela. Sí, me gustan los chicos y las chicas.

Tengo dos idiomas.
Tengo dos culturas.
Tengo dos amigos especiales.

Mi vida es complicada.

Sí. Mi vida es MUY complicada.

Capítulo 5
Gustavo

Es mayo pero hace mucho calor. MUCHO calor. ¡Uf! Normalmente no hace calor en mayo en Florida. Normalmente hace calor en julio y en agosto.

Ahora no trabajo en el hospital. Tengo un trabajo nuevo, pero es similar al trabajo en el hospital en Florida: es horrible.

Trabajo en el aeropuerto internacional de Miami (MIA). Trabajo afuera con las maletas. Yo llevo las maletas a los aviones y de los aviones a las personas en el aeropuerto. Es un trabajo difícil. No me gusta. No me gusta porque es trabajo físico y no me gusta porque no es mi trabajo en el hospital en Venezuela. Me gusta ser médico.

—Ey, Gus —me dice Rick—. ¿Vas a trabajar hoy o qué?

Rick trabaja en el aeropuerto conmigo. Trabaja

mucho. Le gusta su trabajo.

—Estoy trabajando[15]. Estoy trabajando —le digo.

Estoy enojado. Estoy enojado con Rick y estoy enojado en general. No tengo a mi esposa. No tengo a mi hijo menor. Y no tengo mi profesión. Estoy enojado.

Decido tomar alcohol en el trabajo. Tomo mucho. No puedo hacer el trabajo. Es un problema. Y es otro problema para el jefe[16].

—¡Gustavo! ¿Cuál es tu problema? ¿Por qué no estás trabajando? —pregunta Martin—. Y… ¿qué es esto? ¿Hay alcohol en la botella?

No hablo. No hablo con Martin y no hablo con Rick. Pero Martin habla otra vez.

—Gustavo. Lo siento, pero no puedes trabajar en el aeropuerto. Tienes que irte[17] a la casa.

---

[15] estoy trabajando: I'm working.
[16] jefe: boss.
[17] tienes que irte: you have to go.

*****

Llego a la casa y estoy muy enojado.

Entro en la cocina. Mis padres y Samuel están a la mesa. Ellos están cenando[18] y me miran cuando entro. Grito a mi hijo y grito a mis padres.

—¿Por qué me miran? ¿Por qué? ¿Por QUÉ? —les digo.

Samuel no habla. Mis padres no hablan.

Samuel termina de comer y camina a su dormitorio.

—¿Adónde vas? ¿Vas a tocar esa música horrible con tu amigo gay? Esa música es basura —grito otra vez.
—Gustavo, tienes un problema enorme con el alcohol. Necesitas ayuda. Necesitas entrar en un programa especial —me dice mi padre.

—¡Yo no voy a un programa especial! —le grito.

_____

[18] están cenando: they are eating dinner.

Mi padre no grita.

—Gustavo, necesitas un programa y si tú no vas a un programa, no puedes vivir aquí —me dice.

No hablo. No digo nada. Estoy muy triste. No tengo a mi esposa. No tengo a mi hijo Pablo y no voy a tener a Samuel ni[19] a mis padres.

Pienso un momento.

—Está bien, papá. Voy a ir —digo en voz baja[20].

---

[19] ni: not even.
[20] voz baja: soft voice; softly.

Capítulo 6
Leonardo

Hoy voy con mi hijo al programa especial para su alcoholismo. Él va a recibir ayuda por treinta días.

—Gustavo, ¿estás listo?
—Sí, papá. Gracias. Gracias por la ayuda.
—Está bien, hijo. Recibe la ayuda. Trabaja mucho —le digo.
—Sí, papá. Gracias.

Abrazo a mi hijo.

—Suerte —le digo.

Gustavo camina hacia la puerta del centro de rehabilitación y, en ese momento, mi hija llama desde Caracas:

—Hola, papá. ¿Cómo estás?
—Hola, Celia. Todo bien aquí. Gustavo está en el programa ahora.
—Bien, papá. Eso es bueno.
—Sí. ¿Cómo estás, hija? —le pregunto.

—Estoy bien, pero los problemas aquí en Caracas son horribles. El gobierno no funciona bien. No hay comida y no hay medicinas. Y no hay electricidad. Es muy difícil —me dice Celia.

—Ay, Celia. Es horrible. ¿Cómo está la familia? —le pregunto.

—Estamos bien, papá, pero no sé por cuánto tiempo —dice mi hija—. La situación económica es muy difícil. El dinero que recibimos de nuestros trabajos no es suficiente. La inflación es increíble, como sabes —explica Celia.

—Está bien. Voy a mandar dinero a tu cuenta[21] en el banco. ¿Es buena idea? —le pregunto a Celia.

—Sí, papá. Gracias. Gracias por la ayuda. Te amo. Saludos a mi mamá y a Samuel también.

—Cuídate[22], Celia. Saludos a Ricardo y a Sara. Te amo.

Hay muchos problemas en mi familia, sí. Pero hay mucho amor también.

---

[21] cuenta: account.

[22] cuídate: take care of yourself.

Capítulo 7
Samuel

Entro en la cocina con mi mochila de la escuela.

—Buenos días, abuelo. Buenos días, abuela. ¿Cómo están ustedes? —les digo.

—Buenos días, Samuel. ¿Todo bien? —me pregunta mi abuelo.

—Sí. Estoy bien. No estoy preocupado. Mi papá va a recibir la ayuda que necesita.

—Es verdad, Samuel. Va a recibir la ayuda —me dice mi abuelo.

En ese momento, recibo un Snapchat de Baker. Es una foto divertida de su perro.

Baker 2 min

¡Ja, ja! Winston está listo para el show.

Send a Chat

—¡Ja, ja! —digo.

—¿Qué pasa? —pregunta mi abuela.

—Nada. Es una foto del perro de mi amigo Baker. Mira.

A mi abuela le gusta la foto también. Mi abuelo no ve la foto porque la foto desaparece[23].

---

[23] desaparece: it/she/he disappears.

—Baker es tu amigo de la School of Rock, ¿no? —pregunta mi abuelo—. Hablas mucho de él.

—Sí. Es un buen amigo —le digo.

—¿Es tu novio? —me pregunta mi abuela.

¡Ay! No sé qué decir. ¿Es mi novio? Él me gusta mucho…

—No sé, abuela. Me gusta mucho Baker. Pero no sé… —le explico.

—Está bien si es tu novio. Si a ti te gusta, a nosotros nos gusta también —me dice mi abuelo.

—Gracias, abuelo. Gracias abuela. Es difícil para mí. Soy gay, pero a mi papá no le gusta.

—Sí, Samuel, es difícil, pero no es imposible. Tu papá necesita ayuda. Va a ser diferente después. ¿Te gustaría invitar a Baker a comer con nosotros el domingo? Voy a preparar arepas de pernil[24] y carne mechada[25], maduros[26], ensalada y arroz con frijoles —dice mi abuela.

—Sí, abuela. Me gustaría. Y luego Baker y yo podemos tocar música.

---

[24] pernil: pork.
[25] carne mechada: Venezuelan shredded beef.
[26] maduros: fried sweet plantains.

—Muy bien, Samuel. Vamos a comer a las dos —dice mi abuela.

—Claro, abuela. ¡Siempre comemos a la misma hora!

Digo «adiós» a mis abuelos y camino a la escuela. En el camino respondo a Baker, pero con un mensaje[27] de texto.

—*¡La foto de Winston es muy cómica! ¿Quieres comer con mis abuelos y conmigo el domingo? Luego podemos tocar música para practicar.*
—*Me gustaría. Gracias por la invitación. Hasta la vista.*
—*Sí. Hasta luego.*

Llego a la escuela cuando termino la conversación con Baker. En ese momento veo a Eliana. Eliana. Tan bonita con su pelo largo y negro y los ojos verdes. Me dice «hola» y me da un beso.

—Hola, Samuel. ¿Cómo estás? —me pregunta.
—Hola, Eliana. Estoy bien, gracias —le digo.

---

[27] mensaje: message.

Estoy bien. ¿Estoy bien? Les hablo a mis abuelos sobre Baker, pero no les hablo de Eliana. Qué raro.

Capítulo 8
Gustavo

Estoy en el centro de rehabilitación. Tengo tres semanas aquí. Es difícil. No quiero tomar alcohol más, pero todavía estoy muy enojado. Quiero estar en la casa con mi hijo y con mis padres. Pero ellos están enojados conmigo. No soy buen padre. No soy buen hijo.

Estoy enojado cuando llego a mi grupo esa tarde.

—¿Quién quiere hablar primero? —pregunta el director del grupo.

Levanto la mano.

—Yo. Yo quiero hablar. No tengo a mi esposa. No tengo a mi hijo menor. No tengo mi profesión. Ya no soy médico. Y ahora no tengo trabajo. No estoy en mi país y tengo muchos problemas. Tengo problemas con mi familia. Tengo problemas con mis padres. Y mi hijo…, mi hijo es gay. Es un problema enorme.

Las otras personas del grupo no hablan. Ellos me comprenden porque tienen problemas también. Pero estos son MIS problemas. Y MIS problemas son los problemas más grandes. No puedo resolverlos. Mi vida es un desastre.

—Oye, Gustavo —me dice Paul, el director del grupo—. ¿Estás bien?

¿Por qué me habla este idiota? Claro que no estoy bien. Estoy enojado. No quiero hablar con él.

—¿Necesitas hablar más? ¿Quieres hablar de tus problemas conmigo? —me pregunta Paul.
—Uh, no. No quiero hablar contigo. No quiero hablar con nadie. Estoy enojado —le digo.

Paul no reacciona mal. Paul es muy buena persona.

—Está bien, Gustavo. Luego puedes hablar conmigo en mi oficina —dice Paul.

Debo responder con un «gracias» pero no quiero. Voy a mi cuarto.

Llego a mi cuarto y hay una carta en la cama. Es una carta de mi padre. Recibo cartas de mis padres porque no pueden visitarme.

Querido Gustavo:

¿Cómo estás? ¿Qué tal es tu programa? ¿Recibes la ayuda que necesitas?

Estamos bien en la casa. Voy al trabajo todos los días. En la compañía hay muchos problemas que necesito resolver. Tu madre trabaja en el jardín todos los días y prepara sus comidas.

Samuel está muy bien. Tu madre y yo ya conocemos a su novio, Baker. Es muy buen chico. Queremos conocer a Eliana. Eliana es una amiga especial de Samuel también. A Samuel le gusta ella mucho. Tu hijo es muy cariñoso. Ama a todos. Tiene un corazón enorme.

Tu hermana y su familia tienen muchos problemas. En Caracas la situación es muy difícil. No hay mucha comida y no hay servicios. Hay trabajos, pero en los trabajos no pagan mucho dinero. Muchas personas no tienen dinero. Hay muchas protestas también. Muchas personas mueren[28].

Pero nosotros estamos bien. Tú también. La vida es muy buena.

Con un abrazo fuerte,
Tu papá

¿QUÉ? ¿Mi papá me escribe de los problemas de mi hermana? Ella tiene a su esposo. Ella tiene a su hija. Ella tiene su profesión. Los problemas que tiene mi hermana no son problemas. Yo, yo soy la persona con problemas.

No tengo a mi familia y el hijo que tengo…, ¡ay! A él le gustan los chicos.

Horrible.

Mis problemas son enormes.

---

[28] mueren: they die.

Capítulo 9
Leonardo

Llego del trabajo y hablo con mi esposa.

—Hola, Leonardo. ¿Cómo estás? ¿Estás listo para tu presentación de esta noche? —Carola me da un beso.
—Buenas tardes, Carola. Estoy bien —le digo y también le doy un beso.
—Hay una carta de Gustavo. Está en la mesa —me dice mi esposa.
—¿Qué dice? —le pregunto.
—Está muy enojado —me dice Carola.

En ese momento tomo la carta. Escucho a mi esposa. Ella habla por teléfono.

—¿Aló? —dice mi esposa—. ¡Celia, hija! ¿Cómo estás?

Mi esposa y mi hija hablan mucho. Yo abro la carta y la leo[29]:
Queridos mamá y papá:

---

[29] la leo: I read it.

El programa es difícil. Aprendo mucho, pero no me gusta.

Y no me gusta el problema con Samuel. ¿Por qué no tiene una novia como los muchachos normales? No acepto la situación.

Saludos,
Gustavo

¡Ay Dios! Gustavo ya no bebe alcohol, pero todavía tiene problemas.

Mi esposa me llama.

—Leonardo, Celia quiere hablar contigo.
—¡Voy! —le digo.

Hablo con mi hija por unos minutos. Ella me habla de los problemas que tiene su familia. Ella me dice que hay problemas porque el gobierno no cuida a las personas.

—Papá, es como siempre. Las personas ricas son más ricas y las personas pobres no tienen suficiente dinero. Las personas pobres no tienen nada. Estoy triste por la situación —me dice Celia.

—¿Pero ustedes están bien? —le pregunto.

—Sí, papá. Gracias. Estamos bien. ¿Y cómo están Gustavo y Samuel?

Le hablo a Celia sobre las actividades de Samuel, pero no menciono nada de Gustavo.

—Pues, hija, tengo mi presentación esta noche —le digo.

—Bueno, papá. Te amo. Y buena suerte esta noche.

—Gracias. Te amo también, Celia.

—Chao.

—Chao.

*****

Esa noche, llego con mi esposa a la cena especial. Tengo que hablar de mi vida. La cena es en mi honor porque trabajo para Venezoil por muchos años.

Después de una cena elegante, el maestro de ceremonias dice unas palabras.

—Esta cena es en honor de un ingeniero muy inteligente y muy importante para esta compañía. Él nos resuelve muchos problemas y siempre está con una sonrisa. Favor de darle la bienvenida a Leonardo Medina Guzmán.

Recibo muchos aplausos de todas las personas en la cena.

En frente de todas las personas en el evento, empiezo a hablar.

—Buenas noches. Gracias por este honor. Me llamo Leonardo Medina Guzmán. Por veinticinco años he trabajado[30] para la compañía Venezoil, una compañía de los Estados Unidos controlada por Petróleos de Venezuela S. A. (PDVSA). Me gusta ser ingeniero y me gusta representar bien a mi país en los Estados Unidos. Estoy orgulloso[31] de ser venezolano, pero en este momento no estoy orgulloso de mi país. El gobierno y los líderes del país no cuidan bien a las personas. Es una situación difícil y horrible para las personas que

---

[30] he trabajado: I have worked
[31] orgulloso: proud.

viven allí. —Hablo por quince minutos sobre los problemas que tiene Venezuela y los venezolanos. Termino con mis comentarios y digo—: Gracias. Gracias por este honor y gracias por escuchar mis palabras sobre la situación en Venezuela.

El presidente de Venezoil me da una medalla y un diploma. Son buenos, pero no van a resolver los problemas que hay en mi familia y en mi país.

Capítulo 10
Samuel

Pienso mucho en la música cuando camino a la casa después de ir a la School of Rock. Practicamos por tres horas. Normalmente tocamos por dos horas, pero esa noche practicamos más. Hay un *show* en unos días.

—¿Nos vemos este fin de semana, Sam? —me pregunta Baker al salir de la School of Rock.

Baker… Soy muy feliz por tener un novio guapo y simpático.

—Mañana, sí. El domingo tengo planes —le digo.

—¿Planes? Eres un muchacho misterioso —me dice.

—Ja, ja. No es misterio. Una amiga de la escuela y yo tenemos que hacer tarea —le explico a Baker.

—¿Ah? ¿Trabajas con Eliana? ¿La chica de la escuela? —pregunta Baker.

—Sí —le digo. Baker sabe de Eliana y Eliana sabe

de Baker. Pero Baker no sabe que Eliana es mi novia y Eliana no sabe que Baker es mi novio. ¡Mi vida es MUY complicada!

Por fin llego a la casa. La casa está tranquila. Mis abuelos están en la cena especial y mi papá está en el centro de rehabilitación. En la mesa de la cocina veo una nota de mi abuela:

Hay cena para ti en la nevera[32]. xoxo

Cerca de esta nota hay un sobre con la dirección[33] del centro de rehabilitación. Lo abro[34] y leo estas palabras: «Y no me gusta el problema con Samuel. ¿Por qué no tiene una novia como los muchachos normales? No acepto la situación».

¿Qué? ¿Qué? ¿QUÉ?

Leo esa parte de la carta muchas veces. ¡No puede ser!

Inmediatamente tengo dolor de cabeza y dolor

---

[32] nevera: refrigerator.
[33] dirección: address.
[34] lo abro: I open it.

en el pecho. ¿Es mi corazón? No sé. Pero sé que no puedo estar en la casa. Sin pensar en la cena que hay en la nevera, salgo de la casa con solo mi teléfono y mi cartera.

Es una situación horrible.

Capítulo 11
Leonardo

Carola y yo llegamos muy tarde de la cena. En la cocina, cerca de la mesa está la mochila de Samuel.

—Ay, este muchacho y sus cosas —dice mi esposa.

Estamos cansados y vamos directamente a nuestro cuarto para dormir.

*****

—¡Leonardo! —me grita Carola—. Leonardo, Samuel no está en la casa.

Es por la mañana. Me levanto de la cama. Me pongo unos pantalones y una camisa.

—¿Qué dices, Carola? —le pregunto.
—Samuel no está aquí. Y no durmió[35] en su cama —me dice.

---

[35] no durmió: he didn't sleep. '

—Vamos a mandarle un mensaje de texto —le digo—. Tiene que estar con Baker o con la chica de la escuela.

—No sé, Leo. Le mandé[36] un mensaje de texto. No me contesta. Siempre me contesta. Estoy preocupada. ¿Dónde está? —me pregunta Carola.

En ese momento veo la carta de Gustavo.

—Ay, Carola. Mira. Samuel la leyó[37] —le digo con la carta en la mano.

¡Qué horror!

El teléfono de la casa suena.

—¿Aló? —digo.

—Señor Medina. Le habla Baker. Hay un problema con Samuel —me dice.

—Hola, Baker. Gracias por llamar. ¿Samuel está contigo? —le pregunto.

—No, señor. No sé dónde está —me dice Baker.

—¿Y cómo sabes que hay un problema con él?

---

[36] le mandé: I sent (to) him.
[37] la leyó: he read it.

—le pregunto.

—Anoche recibí[38] un mensaje de texto. Samuel quería[39] hablar conmigo en el parque, pero nunca llegó[40]. Le mandé muchos mensajes, pero no me contestó[41].

—¡Ay Dios! Vamos a buscarlo. Gracias por llamar.

—De nada. Y, señor Medina —dice Baker—, ¿me puede llamar si sabe algo?

—Claro, Baker. Y otra vez, gracias.

Y ahora necesitamos encontrar a nuestro nieto. ¿Dónde está?

Caminamos al garaje cuando el teléfono de la casa suena otra vez.

—¿Aló? —digo.

—Buenos días, señor Medina. Le habla Eliana. Hay un problema con Samuel.

—Sí, lo sé. Gracias por llamar. ¿Qué información tienes?

---

[38] recibí: I received.
[39] quería: he wanted.
[40] llegó: he never arrived.
[41] no me contestó: he didn't answer me.

—Anoche recibí unos mensajes de texto. Samuel quería hablar, pero yo estaba[42] ocupada. Después le mandé[43] muchos mensajes, pero no me contestó.

—Baker dice lo mismo[44]. Vamos a buscarlo. Gracias por llamar.

—De nada. Y, señor Medina —dice Eliana—, ¿me puede llamar si sabe algo?

—Sí, Eliana. Gracias por llamar.

Samuel, ¿dónde estás?

---

[42] estaba: I was
[43] le mandé: I sent (to) him
[44] lo mismo: the same

Capítulo 12
Samuel

¿Dónde estoy?

Abro los ojos y no veo bien. Nada está claro. Tengo dolor[45] de cabeza. Tengo dolores en todo mi cuerpo.

Las luces son brillantes y fuertes. Cierro los ojos otra vez.

—Buenos días. ¿Cómo te llamas? ¿Sabes dónde estás? —me pregunta un hombre.

Abro un ojo y veo que él tiene uniforme de enfermero.

—Hola —digo—. Me llamo Samuel. ¿Estoy en el hospital? —le pregunto.
—Sí. Estás en el Hospital Las Palmas, en Doral.
—¿Qué? ¿Qué pasó[46]?
—¿Qué recuerdas? —me pregunta.

---

[45] dolor: pain.
[46] ¿qué pasó?: what happened?

La verdad es que no recuerdo nada.

—No recuerdo nada. ¿Qué pasó?
—Es normal perder la memoria. Te atacaron[47] en el parque.

Ay, por eso tengo dolor de cabeza y tengo dolor en el brazo. Pero ¿quiénes me atacaron?

—Necesitamos llamar a tus padres —me dice el enfermero.

Mi padre. La carta. Por eso salí[48] de la casa. El parque...

—¿Puede usted llamar a mi abuelo? Vivo con él.

No quiero explicar por qué no vivo con mi papá ahora ni que él no me acepta como soy.

—Claro. ¿Tienes el número de teléfono?
—Sí, señor.

Le escribo el número de teléfono y cierro los ojos para dormir.

---

[47] te atacaron: they attacked you.
[48] salí: I left.

Capítulo 13
Gustavo

Estoy en la cama. Trato de escribir un texto nuevo para mi grupo de la tarde. En ese momento llega el director del centro de rehabilitación.

—Gustavo, tienes que venir a la oficina.
—¿Por qué? —le pregunto.
—Necesito hablar contigo.

Cierro el cuaderno y camino a la oficina. No tengo problemas aquí, entonces...

—Gustavo, tu padre te llama.

Tomo el teléfono.

—¿Aló?
—Gustavo. Hay un problema. Samuel no durmió en la casa anoche. No sabemos dónde está. Llamé[49] a Baker y a Eliana. Ellos no saben dónde está.

Ugh, Baker. Mi padre no tiene que mencionar a Baker. No me gusta esa relación, pero es mi

---

[49] llamé: I called.

hijo…

—¿Qué puedo hacer, papá? —le pregunto.
—Nada. No puedes hacer nada. Solo quiero darte la información. Voy a llamar más tarde —me dice mi papá—. Y tú, hijo, ¿cómo estás?
—Estoy bien. Pero ahora estoy preocupado —le digo.
—Lo sé. Yo también. Hasta luego.
—Gracias, papá. Chao.

Camino otra vez a mi cuarto. Pienso en mi hijo. Estoy preocupado. ¿Dónde está Samuel?

Quiero gritar.
Quiero salir.
Quiero buscarlo[50].
Quiero abrazarlo[51].

Quiero…, en realidad quiero llorar.

Entonces lloro. Lloro mucho.

---

[50] buscarlo: to look for him.
[51] abrazarlo: to hug him.

Capítulo 14
Leonardo

Mi esposa y yo pasamos la tarde en el carro. Buscamos a Samuel. No sabemos dónde está y estamos muy preocupados.

Vamos al parque. También vamos a la School of Rock, pero no está.

En ese momento mi teléfono suena. Es Celia.

—Hola, papá. Te habla Celia —me dice.
—Hola, hija. ¿Todo bien? —le pregunto.
—En realidad, no. Las protestas son horribles aquí. Hay violencia.
—Celia, no me gustan esas noticias. Pero ¿puedo llamarte después? Hay un problema aquí también.
—¡Ay, no! ¿Qué pasa? —me pregunta Celia.
—No sabemos dónde está Samuel —le digo.
—Ay, papá. Hablamos luego. Mucha suerte.
—Gracias, hija.
—Chao, papá.

En el carro mi esposa y yo continuamos buscando. Vamos a la escuela cuando el teléfono suena otra vez.

—¿Aló? —digo.
—¿Es el señor Medina? —dice un señor.
—Sí —le digo.
—Señor Medina, trabajo en el Hospital Las Palmas. Su nieto Samuel está aquí.
—Ay, gracias a Dios. ¿Está bien Samuel? —le pregunto.
—Sí, señor. Está bien.

Vamos directamente al hospital.

Capítulo 15
Gustavo

Son las tres de la tarde. Estoy en un grupo especial en el centro de rehabilitación. Tenemos que escribir sobre nuestras vidas.

Soy Gustavo. Ya no soy médico. Ya no soy esposo. Mi esposa y mi hijo murieron en un accidente. Estoy triste. Me gustaba[52] mi vida en Venezuela antes del accidente. Me gustaba mi familia y me gustaban nuestras actividades.

Pero Venezuela ahora es diferente también. Hay muchas protestas y la gente tiene muchos problemas. No hay comida para todos. Mi hermana y su familia tienen muchos problemas. Es una situación horrible.

Ahora vivo con mis padres y mi otro hijo, Samuel. Samuel es diferente. A Samuel le gustan las chicas y los chicos. Es..., era[53] un problema para mí. Ahora el problema es mi relación con

---

[52] me gustaba: it was pleasing to me; I liked.
[53] era: it was.

Samuel. No quiero perderlo.

Después hablo con un amigo nuevo del grupo.

—¿Estás bien, Gustavo? —me pregunta Paul.
—No, hombre. Mi hijo Samuel no durmió en casa anoche —le digo.
—Qué horrible, Gus.
—No voy a tomar más alcohol en mi vida, solo quiero ver a mi hijo.
—Suerte. Buena suerte, hermano.

Capítulo 16
Samuel

En el hospital estoy bien. Estoy seguro. Ahora recuerdo los eventos de anoche.

—Vi a dos muchachos. Ellos me gritaron[54] y me atacaron. Me llamaron «gay» y también palabras feas —le digo al enfermero.
—Ay, Samuel. ¡Aquí estás! —dice mi abuelo.

Él entra en el cuarto con mi abuela. Ella me toma la mano.

—Samuel, ¿cómo estás?, ¿estás bien? —me pregunta mi abuela. Ella está muy preocupada.
—Sí, abuela. Estoy bien. Unos muchachos me atacaron en el parque.
—Ay, no. Samuel, lo siento —dice mi abuela—. Vamos a casa y yo te preparo pabellón criollo y arepas.
—Gracias, abuela —le digo con una sonrisa.

El doctor entra en el cuarto.

---

[54] me gritaron: they yelled at me.

—Samuel está listo para ir a casa, pero primero tiene que hablar con la policía. La policía necesita información —dice el doctor.

En ese momento Baker llega al hospital.

—¡Sam! ¿Cómo estás? —pregunta Baker.
—Baker, ¿por qué estás aquí? Mi teléfono está mal...
—Tu abuelo me texteó[55] —dice Baker.
—¿Mi abuelo? —le pregunto y luego digo a mi abuelo—: Abuelo, ¿sabes textear?
—Samuel, soy una persona con muchos talentos —me dice con una gran sonrisa.
—¡Ja, ja! —le digo.

Esperamos unos minutos más. Hablo con la policía. Después de una hora todos nos vamos a la casa.

---

[55] texteó: he texted.

Capítulo 17
Leonardo

Por ahora todo está bien en la casa. Samuel está mejor pero...

—Abuelo, ¿cuándo regresa mi papá? —me pregunta.

—Tu padre va a regresar a casa en una semana. ¿Estás bien?

—No sé. Estoy nervioso. A mi papá no le gusta...

Necesito hablar más con Samuel.

—Samuel, tu papá te ama mucho. Ahora piensa diferente.

—Todavía estoy nervioso.

—Lo sé, Samuel. Voy a hablar con tu papá hoy. Voy al centro de rehabilitación por la tarde. ¿Quieres ir? —le pregunto.

—Gracias, abuelo. Pero tengo planes con Eliana. Su mamá prepara empanadas y pastelitos, comidas cubanas, para el almuerzo. Voy a ver a mi papá en una semana.

—Está bien. Te veo esta noche.

*****

Voy en mi carro al centro de rehabilitación para ver a mi hijo. Gustavo está mejor, pero yo también estoy nervioso. Él no puede tomar más alcohol. Tiene una enfermedad[56]: el alcoholismo.

En el camino al centro, Celia me llama por teléfono.

—Hola, papá. ¿Todo bien? —me pregunta.

—Hola, Celia. Sí, todo está bien. Voy a ver a Gustavo ahora.

—Y él, ¿cómo está? —me pregunta.

—Gustavo está bien. Está mejor. Pero va a tener esta enfermedad toda su vida.

—Ay, papá. Lo sé. Es muy difícil.

—Y ustedes, ¿cómo están? —le pregunto.

—Queremos ir a los Estados Unidos para vivir con ustedes, pero es difícil. Por ahora estamos bien. Nosotros tenemos dinero para comprar comida. Hay otras personas que no tienen dinero. Es difícil.

---

[56] una enfermedad: an illness.

Pienso en mi país. Venezuela tiene mucho y tiene para todas las personas. Es triste ver todos los problemas que hay ahora.

—Celia, vamos a resolver su problema. Ustedes van a venir a los Estados Unidos pronto.
—Gracias, papá. Te amo. Saludos a mi mamá.
—Te amo también. Adiós.
—Chao.

Llego al centro de rehabilitación. Veo a Gustavo y hablo con él.

—Hijo, ¿cómo estás? —le pregunto.
—Papá, estoy muy bien. Gracias. Gracias por todo.
—Muy bien. ¿Estás mejor entonces?
—Papá, estoy superbién. No quiero tomar más alcohol —me dice.
—¿Y la relación con Samuel? —le pregunto.
—Sí. Necesito resolver los problemas que tenemos.

Mi hijo es diferente ahora. Usa palabras diferentes. No está enojado.

—Estoy muy feliz —le digo a Gustavo—. Tienes que ser un padre para Samuel.

—Lo sé, papá.

—Y necesitas aceptarlo tal como es —le digo.

—Lo sé. La verdad es que lo amo mucho.

Hablamos por una hora y regreso a la casa. Mi vida es difícil, pero estoy feliz.

Capítulo 18
Gustavo

Llego a la casa un sábado por la tarde. Mi mamá está en la cocina. Ella prepara mucha comida. Está muy feliz.

—Hola, Gustavo. ¿Cómo estás? ¿Tienes hambre? —me pregunta mi mamá. Ella siempre habla de comida.

Abrazo a mi mamá.

—Gracias, mamá. Sí, tengo hambre —le digo.

Como el hervido de gallina[57] y las arepas que prepara mi mamá y entonces hago una pregunta a mis padres.

—¿Dónde está Samuel?
—Sam tiene planes con Baker —me dice mi papá.
—No, Leonardo. Tiene planes con Eliana —dice mi mamá.

---

[57] hervido de gallina: chicken soup.

—No está en casa. Tiene planes. Siempre tiene planes —dice mi papá.

Ay, mi hijo. Es muy social, más social que yo. Somos muy diferentes, pero es mi hijo y lo amo. Le escribo una nota:

Hola, Samuel:

Si tienes tiempo mañana, me gustaría pasar tiempo contigo. ¿En el parque? Podemos hablar.

Con cariño,
Papá

Capítulo 19
Samuel

Llego tarde a la casa. No quiero ver a mi papá todavía.

En la mesa hay una nota. Mi papá me invita a salir mañana. Qué bien. La nota dice:

Hola, Samuel:

Si tienes tiempo mañana, me gustaría pasar tiempo contigo. ¿En el parque? Podemos hablar.

Con cariño,
Papá

*****

En el camino al parque hablo mucho. Necesito explicarle a mi papá quién soy.

—Papá, soy quien soy. Soy diferente. Me gustan las muchachas, pero me gustan los muchachos también. Es difícil para mí también. No comprendo por qué, pero así es[58].

—Samuel, no lo comprendo del todo, pero está bien. Te amo y quiero ser parte de tu vida. Muchachas, muchachos...

—Gracias, papá. Si tú quieres ser parte de mi vida, te invito al *show* el viernes en la School of Rock. Vamos a tocar muy bien.

—Ay, Samuel. Puedo aceptar a las muchachas y a los muchachos, pero ¿la música *rock*? No sé...

—¡Ja, ja, ja! Papá, va a ser un *show* excelente. Vas a ver.

Mi papá me abraza. Él es diferente también.

---

[58] así es: that's the way it is.

Epílogo

El viernes, Gustavo y los abuelos de Samuel llegan a la School of Rock para ver el *show*. Es un *show* para juntar dinero para las personas en Venezuela. Allí ven a Samuel y a Baker listos para tocar. La banda toca por una hora. La música es excelente. Es música de The Rolling Stones, Bon Jovi, Queen, Guns N' Roses y AC/DC.

A Gustavo no le gusta la música mucho, pero le gusta mucho ver y escuchar a su hijo. Samuel está superfeliz y toca la guitarra muy bien. Tiene un solo en la canción «Sweet Child of Mine» de Guns N' Roses. Toca fenomenal.

Después de esa canción Samuel llega al grupo de su papá y sus abuelos. Baker está con él.

—Papá, quiero presentarte a Baker. Baker, es mi papá.

Gustavo, con una sonrisa de verdad, da la mano[59] a Baker.

---

[59] da la mano: she/he shakes his hand.

—Mucho gusto, Baker. Tocas muy bien —le dice.

Gustavo está muy orgulloso de su hijo. Samuel es una buena persona y un guitarrista excelente. Leonardo también está muy orgulloso de su hijo. Gustavo es completamente diferente ahora. ¿Y Samuel? Él está superfeliz en el grupo de sus abuelos, su papá y Baker.

En ese momento Samuel ve a Eliana. Está nervioso.

¿Qué?
¿Cómo?
¿Por qué?

—Hola, Samuel. El *show*..., ¡fenomenal! Me gusta mucho esa música —dice Eliana.
—Uh, hola, Eliana. ¿Por qué estás aquí? —le pregunta Samuel.
—Tu abuela me invitó[60] —dice Eliana.
—Oh   —dice Samuel completamente nervioso—. Qué bien. Gracias, abuela.

---

[60] me invitó: she/he invited me.

Samuel está MUY nervioso. No sabe qué hacer. Gustavo le ayuda.

—Samuel, ¿conoce Eliana a Baker?
—Uh, no, perdón. Eliana, es mi amigo Baker. Baker, ella es mi amiga Eliana.

La situación es muy difícil. No es un desastre, pero es muy complicada. 😶

GLOSARIO

A

a - to, at
abraza - s/he hugs
abrazarlo - to hug him
abrazo - I hug, hug
abro - I open
abuela - grandmother
abuelo - grandfather
abuelos - grandparents
aburrida - boring
accidente - accident
acepta - s/he, it accepts
aceptar - to accept
aceptarlo - to accept him
acepto - I accept
actividades - activities
adios - goodbye
adónde - (to)where
aeropuerto - airport
afrovenezolano - Afro-Venezuelan
afuera - outside
agosto - August

ahora - now
al – a + el
alcoholismo – alcoholism
algo - something
allí - there
almuerzo - lunch
alumna/o - student
aló – hello
ama – s/he loves
amiga/o(s) – friend(s)
amo – I love
amor - love
anoche – last night
antes - before
antipático - mean
aplausos - applause
aprendo – I learn
aquí - here
arroz - rice
así - so
aviones - planes
ayuda – s/he helps, help
ayudar – to help
años – years

B

banco - bank

banda - band
basura - garbage
bebe - he/she drinks
beso - kiss
bien - well
bienvenida –
    welcome
bonita – pretty
botella - bottle
brazo - arm
brillantes - bright
buen/a/o(s) - good
buscamos - we look
    for
buscando - looking
buscarlo – to look for
    him

C
cabeza - head
café - coffee
cafés - brown
calipso – Calypso
(type of music)
calor – heat
    hace calor – it's
    hot
cama - bed
camina – s/he walks
caminamos - we walk
camino – I walk

camisa - shirt
canción - song
cansados - tired
Caracas – capital of
    Venezuela
¡caray! – wow!, dang!
cariño - care
cariñoso - caring
carne - meat
carro - car
carta(s) – letter(s)
cartera - wallet
casa - house
cena - dinner
cenando – eating
    dinner
cenar - to eat dinner
centro – center,
    downtown
cerca - close
ceremonias –
    ceremonies
chao – 'bye
chica(s) – girl(s)
chico(s) – boy(s)
cierro – I close
claro – clear, of
    course
clase(s) – class(es)
cocina – s/he cooks,
    kitchen

comemos - we eat

comentarios - comments

comer - to eat

comida(s) - food, meal(s)

como - like, as

compañía - company

completamente - completely

complicada - complicated

comprar - to buy

comprende - s/he understands

comprenden - they understand

comprendo - I understand

con - with

conmigo - with me

conoce - s/he, it knows

conocemos - we know

conocer - to know

contesta - s/he answers

contigo - with you

continuamos - we continue

controlada - controlled

conversación - conversation

corazón - heart

correcta - correct

cosas - things

cuaderno - notebook

cuando - when

cuarto - room

cubanas - Cuban

cuerpo - body

cuida - s/he, it takes care of

cuidan - they take care of

culturas - cultures

cuál - which

cuándo - when

cuánto - how much, how many

cuídate - take care

cómica - funny

cómo - how

D

da - s/he, it gives

dar(le/te) - to give (to him, her/you)

de - of, from

debo - I must

decido - I decide
decir - to say, tell
del - de + el
deliciosa - delicious
desaparece – it disappears
desastre - disaster
desde – from, since
después - after
dice – s/he, it says
dices – you say
diferente(s) – different
difícil - difficult
digo – I say
dinero - money
dios - god
directamente – directly
discurso - speech
divertida - fun
dolor(es) – pain(s)
domingo - Sunday
dormir - to sleep
dormitorio – bedroom
dos - two
doy – I give
días - days
dónde - where

E

e - and
económica – economical
el - the
él - he
electricidad – electricity
elegante - elegant
ella - she
ellos - they
empanadas – a Spanish or Latin American turnovers with different fillings either baked or fried
empiezo - I begin
en - in, on
encanta - it is really pleasing to
encontrar – to find
enfermedad - illness
enfermero - nurse
enojado(s) - angry
enorme(s) – enormous
ensalada - salad
entonces - then

entra - s/he, it enters
entrar - to enter
entro - I enter
epílogo - epilogue
eres - you are
es - s/he, it is
esa/e/o - that
esas/os - those
escribe - s/he writes
escribir - to write
escribe - I write
escuchar - to listen to
escucho - I listen to
escuela - school
ese/o - that
español - Spanish
especial(es) - special
especialmente - especially
esperamos - we wait
esposa - wife
esposo - husband
esta - this
está - s/he, it is
Estados Unidos - United States
estamos - we are
están - they are
estás - you are

estar - to be
estas/os - these
este/o - this
estoy - I am
evento(s) - event(s)
excelente - excellent
explica - s/he, it explains
explicar(le) - to explain (to him/her)
explico - I explain

F

familia - family
(por) favor - please
feas - ugly
feliz - happy
fenomenal - phenomenal
fin - end
foto - photo
frases - sentences
(en) frente de - in front of
frijoles - beans
fuerte(s) - strong
funciona - it functions
físico - physical

G

garaje - garage
gente - people
gobierno - government
gracias - thank you
grande(s) - big
grita - s/he yells, screams
gritar - to yell, scream
grito - I yell, scream
grupo - group
guapo - handsome
guitarra - guitar
guitarrista - guitarist
gusta - it is pleasing to
gustan - they are pleasing to
gustaría - it would be pleasing to
(mucho) gusto - nice to meet you

H

habla - s/he speaks
hablamos - we speak
hablan - they speak
hablar - to speak
hablas - you speak
hablo - I speak
hace - s/he, it does, makes
hacer - to do, make
haces - you do, make
hacia - toward
hago - I do, make
hambre - hunger
hamburguesas - hamburgers
hasta - until
hay - there is, are
hermana - sister
hermano - brother
hija - daughter
hijo - son
hijos - children
historia - history
hola - hello
hombre - man
hora(s) - hour(s)
hoy - today

I

identidad - identity
idiomas - languages
idiota - idiot
importante - important
imposible - impossible

increíble - incredible
inflación - inflation
información -
    information
inglés - English
inmediatamente -
    immediately
inteligente -
    intelligent
interesante -
    interesting
internacional -
    international
invita - s/he invites
invitación -
    invitation
invitar - to invite
invito - I invite
ir - to go
irte - to go away
    (you)

J

jardín - garden
jefe - boss
julio - July
juntar - to collect,
    raise (money)

L

la(s) - the

largo - long
le - to, for him/her
les - to, for them
levanto - I get up
listo(s) - ready
llama - s/he, it calls
llaman - they call
llamar - to call
llamarte - to call you
llamas - you call
llamo - I call
llega - s/he arrives
llegamos - we arrive
llegan - they arrive
llego - I arrive
llevo - I carry
llorar - to cry
lloro - I cry
lo - him, it
los - the, them
luces - lights
luego - later
líderes - leaders

M

madre - mother
maestro - teacher
mal - badly
maletas - suitcases
mamá - mom

mandar(le) - to send (to him/her)
mano - hand
mayo - May
mañana – tomorrow, morning
me – me, to/for me
medalla - medal
medicinas – medicines
mejor - better
memoria - memory
mencionar – to mention
menciono – I mention
menor - younger
menos - less
mensaje(s) – messages
merengue - type of music that originated in the Dominican Republic
mesa - table
mi(s) - my
minutos - minutes
mira – s/he looks at, watches
miran – they look at, watch

miro – I look at, watch
misma/o - same
misterio - mystery
misterioso – mysterious
mochila - backpack
momento - moment
mucha/o(s) – many, a lot
muchachas - girls
muchacho(s) - boy(s)
mueren - they die
muy - very
más - more
médico - doctor
mí - me
música – music

N

nada - nothing
nadie – no one
necesita – s/he, it needs
necesitamos – we need
necesitas – you need
necesito – I need
negra/o - black
nervioso - nervous
nevera - refrigerator

ni – neither, nor
nieto - grandson
noche(s) – night(s)
normal(es) - normal
normalmente –
    normally
nos – us, to/for us
nosotros - we
nota - note
noticias - news
novia - girlfriend
novio - boyfriend
nuestra/o(s) - our
nuevo - new
nunca - never
número - number

O

o - or
ocupada - busy
oficina - office
ojo(s) – eye(s)
orgulloso - proud
otra/o(s) - other
oye – s/he hears

P

padre - father
padres - parents
pagan – they pay
palabras - words

pantalones - pants
papá - dad
para - for
parque - park
parte - part
pasa – s/he spends
    (time), it happens
pasamos – we spend
    (time)
pasar – to spend
    (time)
país - country
pecho - chest
pelo - hair
pensar – to think
perder(lo) – to lose
    (him)
perdón – excuse me
pero – but
perro - dog
persona(s) –
person(s)
petróleo - oil
petróleos –
    petroleum
piel - skin
piensa – s/he, it
    thinks
pienso – I think
planes - plans
pobres - poor

poco - a little
podemos - we are able
policía - police
pongo - I put
por - for
porque - because
practicamos - we practice
practicar - to practice
pregunta - s/he asks, question
pregunto - I ask
preocupada/o(s) – worried
prepara - s/he prepares
preparar(me) – to prepare (myself)
preparo - I prepare
presentación – preparation
presentarte - to introduce you
presidente – president
primero - first
problema(s) – problem(s)

profesión – profession
programa - program
pronto - soon
protestas - protests
puede – s/he, it is able
pueden – they are able
puedes – you are able
puedo - I am able
puerta - door
pues - well, then
párrafo - paragraph

Q

que - that
queremos – we want
querido(s) - dear
quien - who
quiere - s/he, it wants
quieres - you want
quiero - I want
quince - fifteen
quién(es) - who
qué - what

R

raro - strange, odd

reacciona - s/he, it reacts
realidad - reality
recibe - s/he, it receives
recibes - you receive
recibimos - we receive
recibir - to receive
recibo - I receive
recuerdas - you remember
recuerdo - I remember
regresa - s/he, it returns
regresar - to return
regreso - I return
rehabilitación - rehabilitation
relación - relationship
representar - to represent
resolver(los) - to resolve (them)
responder - to respond
respondo - I respond
respuesta - answer

resuelve - s/he, it resolves
ricas - rich

S

sabe - s/he knows
sabemos - we know
saben - they know
sabes - you know
saco - I take out
salgo - I leave
salir - to leave, go out
saludos - greetings
seguro - sure
semana(s) - week(s)
ser - to be
serio - serious
servicios - services
señor - sir, mister
si - if
siempre - always
(lo) siento - I'm sorry
simple(s) - simple
simpático - nice
sin - without
situación - situation
sobre - about
solo - only
somos - we are
son - they are

sonrisa - smile
soy - I am
su(s) - his, her, their
suena - it rings
suerte - luck
suficiente - sufficient
superbien - really good
superfeliz - really happy
sábado - Saturday
sé - I know
sí - yes

T

tal - so
talentos - talents
también - also
tan - so
tarde - late, afternoon
(buenas) tardes - good afternoon
tarea - homework
te - you, to/for you
teléfono - phone
tema - topic
tenemos - we have
tener - to have
tengo - I have

termina - s/he, it finishes
termino - I finish
textear - to text
texto - text
ti - you
tiempo - time
tiene - s/he, it has
tienen - they have
tienes - you have
toca - s/he plays
tocamos - we play
tocan - they play
tocar - to play
tocas - you play
toco - I play
toda/o(s) - all
todavía - still, yet
toma - s/he, it takes
tomar - to take
tomo - I take
trabaja - s/he works
trabajando - working
trabajar - to work
trabajas - you work
trabajo - I work
trabajos - jobs
tranquila - calm
trato - I try
treinta - thirty
tres - three

triste - sad
tu(s) - your
tú - you

U

un/a - a, an
unas/os - some
uniforme - uniform
uno - one
usa - s/he, it uses
usted - you formal
ustedes - you plural

V

va - s/he, it goes
vamos - we go
van - they go
vas - you go
ve - s/he, it sees
veces - times, instances
veinticinco - twenty five
vemos - we see
ven - they see
venezolana/o(s) - Venezuelan
venir - to come
veo - I see
ver - to see

verdad - true, truth
verdes - green
vez - time, instance
vida - life
vidas - lives
viernes - Friday
violencia - violence
visitarme - to visit me
(hasta la) vista - see you later
vive - s/he lives
viven - they live
vivimos - we live
vivir - to live
vivo - I live
voy - I go
voz - voice

Y

y - and
ya - already
yo - I

ABOUT THE AUTHOR

Jennifer Degenhardt taught high school Spanish for over 20 years. She realized her own students, many of whom had learning challenges, acquired language best through stories, so she began to write ones that she thought would appeal to them. She has been writing ever since.

Please check out the other titles by Jen Degenhardt available on Amazon:

La chica nueva | La Nouvelle Fille |The New Girl
La chica nueva (the ancillary/workbook
volume, Kindle book, audiobook)
El jersey|The Jersey |*Le Maillot*
La vida es complicada
Quince
La mochila | The Backpack
El viaje difícil|*Un Voyage Difficile*
La niñera
La última prueba
Los tres amigos | Three Friends | *Drei Freunde* | *Les Trois Amis*
María María: un cuento de un huracán | María María: A Story of a Storm | Maria Maria: un histoire d'un orage
Debido a la tormenta
La lucha de la vida
Secretos

Follow Jen Degenhardt on Facebook, Instagram @jendegenhardt9, and Twitter @JenniferDegenh1 or visit the website, www.puenteslanguage.com to sign up to receive information on new releases and other events

Made in the USA
Coppell, TX
19 February 2020